나는 네 번 태어난 기억이 있다

이수정 시집

문학동네시인선 107 이수정

나는 네 번 태어난 기억이 있다

시인의 말

당신은 누구입니까?
아니, 그런 것 말고
진짜 당신은 무엇입니까?

—

등단 이후 쓴 시를 이제야 묶어낸다.
시간순으로 배열하지는 않았다.
시간은 한 방향으로 흐르지 않기 때문이다.

시집이 나올 수 있도록 도와주신 분들께
마음을 다해 감사드린다.

2018년 6월
이수정

차례

심해에 내리는 눈

바다엔, 한 생애를
지느러미에 맡기고 살던 것들이
수평선 너머로 가고 싶은 마음인 채로 죽어
아래로
아래로
가라앉는다 하는데
흩어진 사체가 고운 눈처럼 내린다 하는데
구만리 날고 싶은 눈먼 가오리
햇빛이 닿지 않는 바다 밑에 엎드려
수평선 너머로 가고 싶던 마음들을
펼친 날개에 고이 받고 있다 하는데

달이 뜨고 진다고

달이 뜨고 진다고 너는 말했다
수천 개의 달이 뜨고 질 것이다

네게서 뜬 달이 차고 맑은 호수로 져
은빛 지느러미의 물고기가 될 것이다

수면에 어른거리는 달 지느러미들
일제히 물을 차고 올라 잘게 부서질 것이다

은지느러미의 분수 공중에서 반짝일 때,

지구 반대편에서 손을 놓고 떠난 바다가
내게 밀려오고 있을 것이다

심해어들을 몰고
밤새 내게

별의 심장이었던,

돌진 혹은 추락 혹은 마찰 혹은 연소
기다란 혹을 단 의혹의 긴 꼬리

너의 하늘에 진입
전 생애를 태운다

밤을 가로지르며 기꺼이 사라지는
꼬리가 된다

별의 심장이었던 그가
떨어진다

깜깜하고 밀도 높은 돌멩이가 되어
강가에 박힌다

떨어지면서 타오를 때 그는,
잠깐 살아 있던 돌이었다

시계 악기 벌레 심장

부서진 첼로에서 살아남은 음악은
상체를 내민 채 구조되었다
첼로는 음악을 감싸 안고 있었다

음악은 뿌리내려
여름 나무가 되었다

두근두근
나무에겐 시계이자 악기인 심장이 있어
두근두근
나무가 여섯시를 두근대면

갈라진 시간의 양끝에서 여명과 황혼이 하늘을 물들였다
눈뜨는 감각, 눈감는 생각
탈출하는 빛, 감도는 어둠
구체적이고 추상적인 감정이
일시에 뛰어올라 거울을 보았다
거울 속 하늘은 부드러운 금속으로 빛났다

검고 큰 뿔,
장수하늘소 한 마리
나무에서 빠져나오고 있다

벼루

눈을 가진 돌이 있어
꿈 없는 밤 이겨 만든 먹
간절히 문지르면 검고 맑은 거울 되는 돌

고요히 들여다보노라면
오랜 돌 녹아 흐르는 강
금빛 글자 거슬러오르는 맑은 강,

저물녘이면
불새가 날아와 굵고 싱싱한 글자를
채 간다고 한다

음지식물

이 방의 세반고리관에 앉아
글을 쓴다
안쪽이다
어두운 그곳에서
조심스레 감광한다
역광인 그곳에 앉아
검은 그림자와 함께
나는 창백한 감광지가 된다

빛이 들어올 것인가

어둠 속에서 밝아진 눈은
빛에 눈멀어 더듬대다
세 번 반을 미끄러진다

어지러운 건 나뿐이다

히말라야를 넘어야 하는 마지막 밤

새는 히말라야를 넘고 싶다
절벽과 절벽으로 가득찬 방
깜깜한 자리에 누우면
심장이 쿵쿵 머리를 두드린다

문은 열릴까,
손잡이를 잡고 있던 손이
하나의 책을 찢는다
가제본 표지로 싸여 있던
책 하나를 찢는다

하얀 새들이 깃을 치며
날아오른다
난기류가 불어온다
절벽과 절벽으로 이어진 먼 정상,
흰 눈 덮인 거기가 '신의 집'*이라 했던가

스위치를 올리고 스위치를 내리면
밤이 오고 아침이 온다
영혼까지 얼어붙는 이곳에서
겨울을 견디려면 잠들거나 굶는 법

절벽이 절벽 위에 쌓이는 날

추운 새는 보이지 않는 기류와 사투중이다
오늘밤,
새는 히말라야를 넘어야 한다

* 어니스트 헤밍웨이, 「킬리만자로의 눈」에서.

일그러진 하루

쭈욱 늘어난 침대
쪼그라든 책상
구겨진 시계가 찢어진다
원근법은 없다
비율이 왜곡된다
하루가 빛과 색으로 영롱했던 때도 있었다
빛이 휘발된다
색채들이 섞인다

다른 것들은 섞지 말라니까!
섞일수록 어두워지는 말들 위로
마블링 하는 혀가 움직인다
현기증 속에서
강아지가 맹수로 자란다

좁아지는 출구 쪽
한 사람이 맹수의 아가리에
머리를 집어넣는 게 보인다

북풍 속에서의 잠

유리야, 얼음의 때가 온다
시야가 좁아진다
가는 눈을 뜨고
가물가물한 기억 속으로 간다

기억 속 유리에 남은 지문,
그 문을 따라가며
소용돌이 속으로
빠져나간 것들을 생각한다

이마에 이마를 대고
눈을 맞추던 별이 있었다
칠흑의 어둠 속에서
초롱초롱 빛났었다

유리창이 자꾸만 투명해지는 집,
그 북풍 속에서
잠을 자는 여자의 유리창 밖으로
별 하나 떨어져 흩어지는 게 보인다

적막한 음계

적막의 데시벨이 몸을 낮춘 뒤로,
날로 천장은 옥타브를 높였고,
나는 호떡처럼 눌렸다

현관문에는 낮은음자리표가 걸리고
일주일에 두어 번 모자 쓴 사람이 와
플랫이 담긴 봉투를 주면
말없이 서명했다

문밖에 발소리 지나갈 때면
내가 기르는 희망이
짖었다

아침마다 희망은 심장에 달려들었고
입술을 핥았고
콧구멍에 코를 들이대고
숨쉬는지 확인하곤 했다

적막한 이불을 흔들어 깨우려 했지만
나는 이불에 눌려
구겨지곤 하였다

매일 덜 마른 나를 어깨에 메고

계이름이 바뀐 계단을 오른다
하늘 쪽으로 걸린 빨랫줄에
하얀 혼이 얼어 널려 있다

어떤 저녁

샤워기를 틀면 시간이 쏟아져나왔다
사라졌던 계절이 보였다
오욕을 씻는 데는
따뜻한 시간이 충분히 필요했다
추억 소모량이 많다는 순간온수기는
이사 올 때부터 시원치 않았다

벗어둔 옷이 자세를 유지하고 있다
묻어온 시선들 때문이리라
털어도 떨어지지 않는,
옮아온 말들이 증식하고 있지만,
옷걸이에 걸어둔다
옷장 속에는 그런 옷들이 많다

건넹한 집을 견디려면
귤이 필요하다
껍질을 까면 꼭 쥔 주먹을 보여준다
주먹과 악수하려면 보자기를 내야 함을 깨닫는다

밤새 흘린 꿈이 좋지 않아
빨아 널었던 이불은
딱딱하게 말랐다
가습기가 있지만

아직은 꺼낼 때가 아니라고 생각한다

가을 벚나무

홀가분할 리 없다
한 잎 한 잎 붙들며 버텨낸
여름도 시름도 벗어났을 리 없다

당연할 리 없다
한 잎 두 잎 놓치고 맨몸으로 맞는 겨울이
자연스러울 리 없다

떨며 시드는 가을
겨울마저 가로질러 가야 할
벚나무 길을 걸으며

새봄과도 재계약이 되라고
꼭 돌아와 만나자고
한 해 한 해 사는 것이 이렇다고

세수

빈 그릇을 떠먹고
아무것도 묻지 않은 접시를 닦고
빈 컵을 들어 마신다

없는 계단을 오르고
나오지 않는 티비를 보고
없는 등을 끄고 눕는다

나는 네 번 태어난 기억이 있다
마지막은 흐릿하다, 몇 번은 애매하다
나는 예닐곱 번은 태어났을 것이다
태어난 적이 있는 나는 전부 죽었다
마지막으로 죽을 땐 오랜 시간이 걸렸다

다만 태어난 적 없는 내가 살아 있어
오늘도 마른세수를 하고
비치지 않는 거울을 본다

저물녘의 고유 진동수

건반 하나를
깡
내려친다.

팽팽하게 떨리는 현,
'파' 음계를 뛰어넘은
말들이,
고삐를 끊은 말들이
달린다.

들판이 가득 푸른 갈기에 덮이고
들판 끝까지 달려간 말들이
출렁이는 바닷속으로
뛰어든다.

바다로 간 말들이
쌓이고 쌓여
검은 수심을 이룬 채
일렁이며 눕는다.

그대와 나 사이
붉은 건반을 펼쳐든
노을이 걸리고,

말 울음소리로 깊어진
어둠이 온다.

꽃 지다

꿀은 밀랍 속에 있다.

꿀을 모으던
손 하나가
하르르 무너져내린다.
다른 손 하나가 또
무너져내린다.
손들이 종일
무너져내리고 있다.

천 개의 손을 가진 관음의
손들이
꿀이 아닌 쪽,
아래로 떨어져
아픈 땅을 덮고 있다.

키 작은 사람들의 가을

이 산의 꼭대기
키 작은 나무들은
벌써 손이 시리다
반쯤은 핏빛 단풍이다
산동네, 좁은 길로
연탄재가 뿌려진다

종점에서 내린 사람들이
비탈길 가로등을 따라 오른다
금간 유리창 밖으로
일찍 온 바람이
창문을 흔든다

종점에서 내린 키 작은 사람들이
잠긴 자물쇠를 풀고,
스위치를 올린다
키 작은 사람들의 가을,
창문에 걸린 빨강 커튼이 일제히 빛난다

종

종이엔 지워진 말들이 구깃구깃 남아 있다.
입술을 적시고 날아가버린 생각들이
황홀한 무늬의 날개를 펼친다.
흰 페인트 같은 늪이
휘발유 냄새 나는 검은 글자들을 삼키고 있다.
산과 내와 물푸레나무와 녹슨 동종을 삼키고 있다.
종이는 세상에서 가장 무거운 종(鐘).
세상을 물결치게 하는,
날아가는 일만 마리의 나비와
잠자리와 꽃잎,
이마와 입술을 적시는 세례의 물방울,
아무리 쳐도 깨지지 않는 것들을
산골짝 멀리까지 펼쳐 보내는 청동거울.

집이 나를 밀어낸다

집은 춥다
조금 열린 장롱이
나쁜 숨을 내쉰다
좁은 장롱에 걸린 날들은
다려도 다려도 구겨진다

생각은 자꾸 쌓인다
먼지처럼 굴러다니고
한쪽에서 내가 잠을 잔다

덮을 꿈이 없다
젖은 피로를 끌어올려 덮고
잠이 든다 밤새 걷고
또 걷지만 제자리다
등이 춥다

알람이 운다
전화벨이 문틈으로 스며든다
속수무책이다
이명과 두통이 임계점에 닿고 있다
방안 가득 수화하는 손들이 떠 있다
집이 나를 밀어낸다
집은 춥다

억새

수십 개나 되는 손가락이
샅샅이 움켜쥔 머리칼에서
신경은 쉽게 끊어져내렸어
검은 문이 닫혔어
아름다운 손들이 흔들렸어
무릎이 빠지는 습지 너머
아름다운 손들은 푸르르 날아올라
석양 쪽으로 날개를 펼쳤어
어둠과 끌어안은 노을 뒤로
나는 그림자가 흐려진 채
무릎이 빠지는 습지에 서 있었어
뼈가 드러난 손들이 가득한 곳이었어
달은 하얗게 떨며 전화벨 소리를 냈어
벨 소리가 날 때마다 별은 멀어졌어
가물거리는 별은 볼수록 구분이 되지 않았어
난 아팠어 유성처럼
달아나고 싶었어

바다는 보이지 않고

몸에 소금꽃이 피었다
말을 할 때마다 짠맛이
입술에서 묻어났다
입김이 하얀 결정이 되어
달라붙었다

새하얗게 소금을 쓰고
갈숲을 헤매었다
밤하늘에 소금꽃이 피고
바다는 보이지 않았다
젖은 바람과 갈대 너머
개구리 소리만이
덮쳐왔다

나도 모르던 생채기들이
쓰려왔다

겨울 아침에

단어는 입김이 되어 나왔다 이내 말랐다 바람에 불려갔다 낙엽 속으로 숨어들었다 초침이 햇살을 밀고 있었다 달그락거리며 바람에 굴러갔다 까맣게 타들어가고 있었다 관자놀이에서 검은 재가 묻어났다 지워지지 않았다 치약 냄새 나는 문장이 하나 발밑에 구르고 있었다 거미줄이 반짝였다 겨울 아침이었다 살얼음이 얼어 있었다

마른 날의 꿈

무릎까지
허벅지까지 빠지는 늪이었어
검은 문들은 작아지고 있었어
문밖에서 들려오는 이명이
끊어졌다 이어지곤 했어
무릎까지
허벅지까지 빠져드는 거기
검은 우렁이들이
달팽이관 가까운 빈터에
정신없이 자고 있었어
질퍽이는 습지 곳곳에
부레옥잠들은 흰 꽃을 환하게 피우고 있었어
꿈틀거리며 검은 거머리들이 기어가고
우렁 껍데기 속 맨살이
보드랍고 따스한 양지를 꿈꾸고 있었어

비겟덩어리

두 눈을 비벼도 맑아지지 않았다. 언제나 반투명의 유리가 앞에 있었다. 햇살은 비현실적이었다. 기형으로 투사된 햇살이 망막에 닿고 있었다. 입술을 대어도 기름이 뜨지 않는 커피를 마시고 싶었다. 식은땀이 났다. 무엇을 잡아도 미끄러웠다. 청명한 하늘을 보고 싶었다. 고추잠자리 날개의 무늬를 만지고 싶었다. 댓잎을 헤치는 바람 소리를 세밀히 듣고 싶었다. 정신의 끝자락에 비곗덩어리들이 허이옇게 붙어 있었다. 두 눈을 아프게 비벼야 한다. 비대한 나는 부들부들 식은땀이 났다. 관념의 살 저쪽에 허이연 지방이 쌓이고 있었다.

아스피린 먹는 사람

비가 내린다 밤비가
나뭇가지를 스친다
일만 개의, 일만오천 개의
잎들이 앓는다
기침 소리가
어둠의 한쪽을 찢는다
가는 비명이 비명을
끌어안는다 섞인다
어둠이 시야를 가리고
들판 하나가 비바람에
휘몰리고 있다
기침 소리가 땀에 젖어 있다
열에 싸인 사람의
젖은 숲으로 하이얀
아스피린 한 알 녹아들고 있다

열쇠공을 위하여

이 계단을 수없이 오르내렸다. 문을 열고 잠그는 과정은 몸이 알아서 하는 일, 붉은 벽돌 옥탑이 열리지 않는다. 나는 문고리를 잡고 외친다. 벽돌 수만큼 균열이 진다. 가늘게 찢어진다. 열리지 않는 자물쇠, 산동네 하늘에 일백 개 십자가의 불이 켜진다. 맞지 않는다. 맞지 않는 열쇠들이다. 자작나무로도 열리지 않는다. 가로등도 전신주도 아니다. 개로도 고양이로도 열리지 않는다. 열리지 않는 열쇠 꾸러미만 던져놓고 열쇠공은 나타나지를 않는다.

시계가 소리도 없이

소리 없이 얼굴을 바꾸는 시계가 무서웠다. 너는 자꾸만 시계를 던졌고, 나는 힘껏 쳐내야 했다. 사람들은 시계를 잡아 자꾸 내게 돌려주려 했다. 날아오는 시계가 소리도 없이 얼굴을 바꾸는 순간, 있는 힘껏 쳐냈다. 눈금들이 출렁댔다. 눈금으로 세수하고 눈금을 먹고 눈금을 켜고 눈금을 읽고 눈금에 누워 눈금만큼 쪼그라들던 날들이 햇빛 속으로 사라졌다. 눈금에 붙어 있던 숫자들이 떨어지고 있었다. 홈런, 이제 집으로.

희고 긴 이빨을 가진,

창가의 검은 항아리 셋,
어제. 오늘. 내일.
가운데 키 작은 항아리,
육중한 덩치의 어제와 내일을 비집고

항아리 같은 어둠이
바다코끼리처럼 밀려와 쌓인다
두려움은 희고 긴 이빨,
거추장스러운 코를 가지고

밤새 점멸하는 신호등
정지와 통행은 무법하고
라이트를 켜도
코끼리만 부대끼며 울럭이는 밤
희고 긴 이빨만 번득이고

재밌는 것은 무거우니까

홀딱 빠지고 푹푹 빠져든다. 재밌는 것은 무거우니까. 묵직하게 빠져 있으니까, 더 푹푹 빠져들어. 무게를 더할수록 많은 사람이 빠져들겠지. 세상이 쏟아져들어온다면 다른 차원을 볼 수 있을 거야. 우린 꿈틀대는 주머니 속에 살고 있는걸. 세상은 아차! 빠져든 주머니일 뿐, 작은 주머니 속에 든 사람들이 고개를 내밀고 어리둥절 바라보고 있어. 지금이야 다 같이 뛰어들어!

서랍을 봉함

심해 서류들
비닐봉지의 파도
쏟아져나오는
마른 젓가락

하루하루 차오른다
밤이 깊은 서랍을 정리한다

아가미가 없다
지느러미가 없다
바닥에 말라붙은 잠

잡동사니를 정리하는 시간은
잡동사니의 마지막 선물
상복 입은 개미들의 행렬

아가미도 지느러미도 없는 것들을
몽땅 비우자
서랍은 물을 뿜고 잠수하였다

먼지다듬이만이 기억했다

손에 말아 끊으려 하면
다음날, 그 다음날까지 쭈욱 찢고
생의 허공에 회색 먼지를 뿜고서야 끊어지던,
희망은 재생 휴지였다

많이 풀어 써도 습기는 잘 닦이지 않았다
밤이면 벽지 안쪽에서 보라색 그림자가 자라났다
차고 건조한 방
추운 날엔 결로를 막을 수 없었다

꿈에선 잃어버린 책들이 떠나갔고
깨어나면 잊은 책들이 가벼워졌다
이제 책에는 내 이름이 없다
먼지다듬이만이 책의 무게를 기억했다

기억의 DNA는 나와 일치하지 않는다

기억은 고집이 세고 상상력이 풍부하다.
촉망받는 소장학자
기억이 주장하는 것은
환상에 가깝다.

환상은 논리적이다.
어린 시절의 독서가 도움이 되었다고 했다.
찌개에서 거품을 걷어내며 자신의 실재를 설득한다.

허위는 힘이 세고 무례하다.
언제고 쳐들어와
냉장고를 비우고 리모컨을 차지하면서
사실쯤은 간단히 제압한다.

터무니없이 늘어난 식솔에 대해 책임을 추궁할 때면
기억은 유전자를 들먹이는 타입이다.
나에 대해 다 알고 있다는 식이지만
기억의 DNA는 나와 일치하지 않는다.

스파이웨어

그 눈이 어디서 왔는지 모른다
그 눈이
그가 가는 곳을 따라가고
기록한다
그가 보는 것을 들여다보고
그가 클릭하는 것을 클릭한다
길엔 수많은 미행이 붙어 있고
미행 뒤에 다시 미행이 붙어 있다
미행 위에 미행이 쌓여
눈꺼풀을 짓누른다
그뒤를 따르는 고단한 눈이,
핏발 선 그 눈이
뒤에 있다

날개 가득 커다란 눈을 그리고

푸른 벌레인 내가
네 번의 잠을 자고
다섯 번을 태어나
날개를 얻을 수 있다면

날개 가득 커다란 눈을 그리고
검은 밤에도
날아다닐 수 있다면

장막 같은 밤을 밀어올리고
온몸이 심장 되어
쿵, 쿵
뛰었으면

내 몸인 줄 알았던
고치를 찢고
발아(發蛾)할 수 있다면

부정맥이
낡은 화장실 문짝처럼
심장 판막을 발로 차대는 밤
엄동의 북풍이
유리창에 서성일 때

이르게 깨어난 나방 한 마리 되어
추운 새벽 날아오르리

엎드려 잠든
시의 이마엔
송글송글
땀이 맺히는데

그 땀 핥고 취한
나방 한 마리
추운 날개 펄럭이며 날아간다

이차원의 수행

그는 종일 끈을 꼬고 있다

중얼중얼
꼬고 꼬아
천 발 꼬인 끈이
꽈리를 틀도록
머리를 들도록

날카로운 독을 삼키도록
제 몸을 꼬고 꼬아
열리지 않는 병이 되도록

목어(木魚)들이 문밖에 서서 일제히 울어도
쇳덩이 구름 쩌렁쩌렁 울려도
열리지 않도록

희망은 사납다 2

내가 기르는 희망은
따스한 혀와 이빨
늘, 입맛을 다신다

희망이 자라면
나를 잡아먹을 수도 있으리라

희망은 나를 짖어 부르고
물어뜯는다
희망은 요구 사항이 많다
희망은 사납다

절망은 옹기종기

태양이 펼쳤던 손을 오므려
노을을 끄집어내 간다
할퀴듯 세상을 움켜쥐고
가버린다

창밖 내려다보이는
공터 쪽에 작은 날개를 단 절망들이
옹기종기 내려앉는다

여자가 내다버리는
곰팡스러운 생을 쪼아먹으며
부리와 발톱을 키운다
쫓아도 날아가지 않는다

그냥 거기 둥지를 틀고,
몸을 불리고
검은 알을 낳기로 했나보다

밤하늘은 쭈글쭈글한 건포도
밤새 잠에서 흘러나온 말들이
흰 당분 자국처럼
말라붙어 있다

내일 입을 오늘을 빨아 널고
눕는다
그림자가 일어나보지만
여자는 못 본 척한다

산맥은 빛난다

첫번째 주름은 출생이었다
그러니
누가 나를 움켜 찢어 던지는가,
억울할 것 없다
구겨 던져진 곳에서 산맥은 빛난다
주름진 계곡으로 산의 노래가 모인다

머루

어떤 바다을 보았기에 저리도 담담한 눈빛인가
가지에 전신을 매단 채
폭양 속에서 익어가는,
그 담담함 속에 갈앉은 생의 깊이가
어떤 맛인지,

시고 떫고 검은 눈망울이
밤하늘 어디까지 열려 있는지
이따금 거기 반짝이는
단맛 혹은 신맛
어둠 혹은 빛
혹은 전 생애의 우울

구름 먹는 밤

두꺼운 책을 읽어
밤이 높아지면
창가에 걸터앉아
모르는 별들을 그리워하였다

그리움은 새하얀 구름 되어
밤새 떠돌았다
잠들지 못하는 그리움 하나를 심어
흙을 덮고
손도장을 꾹, 꾹 찍어주었다

지척의 별
하나둘 소등하고
구름 무리 오래전에 떠나갔지만,
푸르고 높은 밤이면
흙에 귀를 대고 묻곤 했다

구름은
꿈을 꾸어
총천연색 풍선을 분다고 했다

영 잠이 오지 않으면
구름을 두어 개 캐서 삶는다

순금처럼 부드럽고 단,
구름 먹는 밤

바람의 목줄을 풀어주다

저물녘이면 바람이 손을 핥아주었다 나는 바람의 목줄을 풀어주었고 나란히 산책하였다

희망은 사납다

희망이 싫증날 때,
보이지 않을 때,
배고플 때
여우야,
가시나무 붉은
열매라도 먹어라

폭설,
폭설이 앞을 지운다
모든 길이 지워진 밤
웬 총구는 이리 많은지
폭설 속 배고픈
짐승을 잡는
사냥꾼들이
세상엔 참 많구나

여우야,
얼음 골짜기에 갇혀
길 찾는 여우야
살아남아라
가시나무 붉은
열매라도 따먹고서
살아남아라

로드킬

많은 사람이 지나간 길을
나 또한 피할 수 없어
지나간다

심장이 철렁
눈을 감고 싶지만
애도의 순간도 없이
길은 계속된다

작은 몸에 깃들었을
따뜻함과 기쁨
목마름과 배고픔
두려움과 고통

길지 않았기를
태어나서 좋은 날도 있었기를
그러나 모든 것이 길지 않았기를

존재한다는 것은
폐를 끼치는 일

길은 계속되고
길에서 마음이 죽는다

억새가 흔들려서

그 가을에,
억새숲을 걸으며
억새 키에
맞추려 했었는데,
가을이 다 가기도 전에
억새는 내 키를 훌쩍 넘고,
억새꽃이 피고 지곤 하였다

억새는 나를 세워두고
저 혼자 떠나곤 하였다

억새가 흔들려서
나는 오래 서 있을 수밖에 없었는데,

바람이 불 때마다
억새 곁에 서서
푸른 잎을 흔들고 싶었는데,
온몸으로 바람의
파동을 보여주고 싶었는데,
노을에 흠뻑 젖어서
키 큰 억새로 서고 싶었는데,

시간의 띠를 뒤집어 추억에 붙여놓은 건 누구인가

깨어서 건너가려 한다. 닿을 수 없는 아득한 곳에서 울리는 시보를 들으며 잠에 잠을 겹쳐 덮고 눈감으면 날아오르는 나비들이 보인다. 내가 스쳐 보낸 시간 속에서 날개를 키운 나비, 일순, 그것들이 이탈해가고 빈 하늘만 밀려와 있다. 울먹이며 눈을 훔친 주먹에 고운 나비의 기억이 묻어나지만, 어떤 꿈을 펼쳐도 나비들이 엮어냈던 지난날의 청명에 닿을 순 없다. 비를 몰아온 현기증만 숲을 흔들고 있다.

깨어나 건너려고 한다. 책상을 당기며 내가 알 수 없는 시간에서 불어오는 바람의 책장을 넘기며 밤과 싸운다. 내 속의 밤이 차올라 울렁대는 시간 너에게로 이어지다 이어지다 지워지는 계단들, 시간의 띠를 뒤집어 추억에 붙여놓은 건 누구인가. 추억의 순환 회로에서 나는 시차를 건너가려는 날개 없는 새이고 행성이다.

연필

순백의 중심에 서고 싶다
한 줄기 검은 광맥을 찾아
깎아낸다
물결치는 기억을
깎아낸다

투명한 정신에 닿을 때까지
들러붙은 때를 떼어낸다
목소리를 내려면
숨겨둔 그늘을 내놓아야 한다

쓰는 만큼 깎는 일
드러난 본심을
뾰족하게 깎는 일
부러뜨리지 않고 끝을 다듬는 일

섬세한 정신의 정상이 밝아오는 새벽
순백의 중심

집

거기서는 늘 그릇이 깨진다. 움츠리고 있던 발톱이 튀어나온다. 비명이 터져나온다. 심장에 박힌 것들을 뽑아내며, 돌아가지 않으리라, 도둑고양이 한 마리가 앞발을 혀로 핥고 귀에 묻은 피를 닦는다. 깨진 것들이 쌓이는 곳, 거기에 고양이들이 산다.

쓰레기봉투가 집 앞에 쌓인다. 새벽이면 사라지리라. 밤보다 조용하고 새벽보다 빠른 고양이가 질긴 비닐 속에 담긴 억압의 냄새를 맡는다. 발톱을 세우고 비닐 곁으로 다가간다. 고양이는 봉투를 찢고 싶다. 버려지기 위해 쌓인 것들을 흐트러뜨리고 싶다.

자동 이체 된 봄이 오는지, 가는지

부재중 전화 119통
119개의 물음표가
허공에 떠 있다
작고 단단한 기호가
찬바람 속에 떠 있다

씁쓸한 꿈이
미각 세포 사이사이에 끼어 있다
문 앞에 전단지가 쌓이고
광고지가 붙어 있다
자동 이체 된 봄이 오는지, 가는지

부재중 전화를 알리는
액정 화면을 뚫고 나온
자벌레 한 마리가
연둣빛 통화 버튼 쪽으로
키를 재며 기어가고 있는 게 보인다

낭가파르바트

큰 산 하나가
여자를 밀어뜨린다
희박한 공기 속
배낭을 등에 멘 채
여자 하나가 빙벽에 부딪치며 구르고 굴러
깊은 심연에서
얼음덩이가 되고 나서도
해가 지고,

서울엔 200밀리
장맛비에
구석방이 푹 젖어,
올라야 할 더 많은
산등성이가
눈앞을 가로막고 선다

물음표가 방울방울

좌심방이 파랗게 변하고
물이 고인다
말이 되지 못한 슬픔이 고여
우물을 이룬다

우물 속으로
낯익은 물음표들이
방울방울
떨어진다

흘러가지 못한 말들이
우물에 검게 차오른다
오늘도
익사 직전이다

버지니아 울프의 일기

내 생애의 책장에
책들이 실로폰처럼 꽂혀 있다.
차례로 어두운 소리를 낸다.

물새가 피이피이 우는 책을 열면
정전기가 올라붙는다.
인버터 스탠드처럼 불이 켜지고
물이 쏟아져내린다.
(웅덩이는 깊고 어두웠는데)
물의 표면이 꿈틀거리고
책 속에서는 말들이 뒤집혔다.
책장을 넘기면
복판에는 검은 딱정벌레들이
빠글거리고 있었는데,
템스, 안개 낀 템스
넘어야 할 벽들은 높고 깊어서
파르르 다리가 떨렸다. 병 속엔,
핀에 꽂힌 단어가 담겨져 있었다.

템스, 안개 낀 템스
나를 받아다오, 네 흐름에 몸을 맡긴다.
유유한 흐름에 섞인다.
안개 혹은 물새가 되기 위해서

몸을 던진다. 나의 투신을 받아다오.
템스, 안개 낀 템스여.

가방

왜 나는 가방을 가지고 다닐까
왜 날마다 쓴 글을 출력하여
가방에 넣을까

집에 가면
가방을 열어보지 않고
잠자리에 든다
아침이면
그 가방을 들고 나선다

미련하기 때문이다
가방 속 어둠만큼의 미련을
늘
짊어지고 다닌다

미련은 무겁고 긴 그림자를 가졌다
그 그림자를 출력한 종이로 가방을 채우고
들고 다니느라 어깨가 기운다

가방은 나날이 커지고
가방 무게에 짓눌린 하루, 이틀
34년을

콘택트

티비를 꺼도 꺼지지 않는다.
모두 잠든 밤에도
귀기울이고 있다.
소음 너머로 귀를 기울이고 있다.

진짜 하고 싶은 말이 무엇이었는지
광고와 뉴스와 드라마가 끝난 다음
네가 꾸는 꿈은 무엇인지.
애국가도 끝난 새벽
시청률 제로인 흑백의 화면 속에서도
네가 시원스럽게 말하지 못하는,
소음과 화면 노이즈 속에 삽입된
항성의 폭발과 퀘이사*를 향해
눈을 가늘게 뜨고 귀를 기울인다.

* 영화 〈콘택트(Contact)〉에서. 퀘이사(quasars, 準星)는 강력한 전파원(電波源)으로 보통 별처럼 보이지만 10~20억 광년 정도 떨어진, 훨씬 멀리에 존재하고 있는 천체.

옹이

그의 상반신엔 가슴에서 등을 관통하는
커다란 옹이가 박혀 있다
옹이를 붙잡고 있는 것은 나무일까
나무는 골목에 쏟아지는 햇빛이 어지럽다
담벼락 밑으로 숨어든다
쭈그리고 앉아 고개를 숙인
대머리 늙은 독수리는
아파트 골목이 서먹서먹하다
그는 밖으로 나오지 않는다

그의 가슴엔 새의 영혼이 갇혀 있을까
굽은 등엔 날개를 숨기고 있을까
아니 한 그릇의 물을 숨기고 있을까
물이 있을까
갈증만 담겨 있진 않을까
백내장 낀 눈 깊은 바닥에는
넙치가 살고 있을까

뻥튀기 봉지를 요새처럼 쌓아놓고
난쟁이 꼽추는 골목 구석에 숨어 있다
말없이 앉아서
까막까막 졸다가 퍼뜩 잠이 깨면
홀린 듯이 세상에 대고 대포를 쏜다

옹이가 빠지고
가슴속 영혼이 번개치고
커다란 날개가 펼쳐지고
등에서 분수가 터진다

너를 기다리던 별 하나

마른 날 저물녘 너를 기다리고 있다.
노을 속에서 나의 기러기,
목이 긴 새가 날아온다.
끼룩, 끼룩,
날면서 우는 새의 슬픔이
하늘 끝으로 가서 묻힌다.

밤새도록 전갈자리 쪽에 서서
너를 기다리던 별 하나,
미명 속으로 기일게 흐른다.

기다림

기다란 나무들이
백 갈래의 가지를 뻗고
천 갈래의 뿌리를 내립니다

숲은 숨죽이고
잎사귀들은 벌써
나는 연습을 마쳤습니다

외로운 섬이 새를 띄우듯이
이젠 잎새를 날려보내야 합니다

기다림 2

숲에 비가 내립니다
비가 그치고 나면
이 숲은 부쩍 자랄 것입니다
냄새는 더 진해지고
벌들이 윙윙대며
어지러이 날아다닐 것입니다

달아나는 만큼
숲은 더 커질 뿐입니다
점점 짙어지는 숲,
발목에 감기는 수풀을 밟으며
그냥 거닐어보세요

기다림의 숲을 거닐 때가 좋았다고
생각할 날이 있을 겁니다

미루나무

푸른 목을 가진 사람아
너는 기억하느냐
우리가 개울물 소리로 흘렀던 여름날을
차르르 쏟아지는 푸른 쇠못 같던 웃음을
개울 속 은빛 동전을 집어주던 흰 이마의 바람을

백담사

길은 얼어 있었다. 미끄러지고 넘어졌다. 풀어내지 못한 말들은 도처에 웅덩이처럼 고여 꽝꽝 얼어붙어 있었다.

가지에 붙은 움은 얼어 있었다. 눈을 무겁게 뒤집어쓴 소나무는 쏟아져내리고 있었다. 길은 쉼없는 오르막과 내리막이었다. 종이컵에 마시는 소주는 취하지 않았다. 골짜기 너머 또 골짜기였다. 얼어붙은 백 개의 웅덩이가 마른잎에 덮이고 있었다.

차가운 마루 대웅전에 일곱 번, 여덟 번 엎드려 절했다. 어두운 법당이 조금씩 환해왔다. 풍경(風磬)이 울었다. 절간 밖이 희미하였다. 희미한 오솔길 너머로 잿빛 옷 입은 옛 시인 하나 사라지고 있었다.

타닥이는 장작불은 작은 유성들을 하늘로 쏘아올렸다. 불꽃은 얼어붙은 밤하늘을 간질이며 산사의 어둠을 조금 밀어내고 있었다. 얼어 있던 말들이 맑은 물로 녹았다. 하늘의 별들이 튀어나올 듯 파랬다. 절간이 우주, 그 고요 속으로 빠져들고 있었다. 쉽고 편한 말들이 되어 숨쉬고 있었다.

성에

새벽,
절망의 페이지를 보았다

학살된 유태인들의 유골이 이러했을까
유리창에 빼곡한
죽음의 내용들
물의 뼈들이 엉켜 있다
엑스레이 사진처럼 거짓말처럼
물속에도 흰 뼈가 있다

너도 아팠겠구나
차가운 뼈에 입술을 댄다
반짝이며
사라지는
물

청어

관목숲에 얽힌 가시덤불,
그 속의 어둠
그 숲에 바람에 불 때마다
대가리에서 꼬리지느러미를 관통했을 서늘한 전율

네 몸에서 가시덤불을 뽑아내다가
연한 몸으로 유영했을 모습을 떠올리곤
삼키던 밥덩이가 울컥 올라오고 말았다

손을 뻗는 참나무

바람이
불고 있었다.
잠든 뿌리 한쪽으로
흙탕물 번지고 있었다.
서서히 증오가
가라앉았다.
나는 껍질 안쪽
나선의 시간 속에서
넘어졌다. 겨우겨우 일어섰다.
두 다리로 버티고 섰다.
비탈이었다.
비탈에서 흔들리고 있었다.
짙푸른 분노가
웃자라 있었다.
한 발짝도 옮길 수 없었다.
맨살을 둘러싼 껍질을
주먹으로 치고 있었다.
멍이 멍에게로
손을 건네고 있었다.

가슴 한편에 피가 번지고 있었다.

기왓장 어깃장

밤은 청동색 기왓장 하나
기왓장은 기왓장을 끌어당겨
덮으려는 고집을 가졌다

억지로 짜맞춘 지붕 따위
어깃장을 놓아야 한다

거짓과 고집의 집 한 채,
이제는 무너뜨리고
밤은 하늘에 돌려주려 한다

응달로만 걸었다

괴로운 건 폭양보다 그림자여서 응달로만 걸었다
그림자는 늘, 나보다 크거나 작았다

갈림길

별을 따러 간 길에 만난
해마와 불가사리

나는 절벽 끝에서
갈림길에 섰지

해마에게는 설익은 과일 하나 주고
불가사리와는 서둘러 악수를 했어

절벽 위엔 노을이 지천이고
바다는 절벽만 치고 있었어

나는 꼼짝없이 서서
떠나온 이유를 물어야 했어

사라진

날마다 건너다닌 흰건반과 검은건반
마지막 장이 사라진 피아노곡,
멸종된 고래의 갈비뼈를 들이받는 스키드 마크,
밤사이 뜨거운 흑설탕처럼 반짝이며
횡단보도를 삼킨 아스팔트,

세상의 길 하나가 또 사라졌다
이곳을 건너다녔던 연한 날들은
지층 속에 묻히고
묻힌 것들은 화석이 될 것이다

양파

양파는 냉장고 야채 칸에 있다.
그냥 얌전히,
둥근 구근인 채
매운 입자를 숨긴 채

맵고 독한 허무를 끌어안은 너를
꾹 눌러주고 싶다.
멍들게 하고 싶다.
매운 향은 숨긴 채,
파슬리와 홍당무 속에 놓인
그냥 야채인 것처럼 놓인
천연스러운 네 얼굴을 눌러주고 싶다.
웅덩이처럼 슬픈 눈을,

유리로 차단된 방안에
서성대는 너를 냉장고에서 꺼내고 싶다.
까도 까도 속을 보이지 않는 너를
이제 그만 야채 더미 속에서 꺼내고 싶다.
영상 4도의 야채 칸에서
냉장된 꿈을 꾸며
썩지 않는 숨만 쉬는 너.

맵고 독한 맛으로

남의 눈물만 질금거리게 하는 너
냉장고 속의 너를 꺼내고 싶다.
밖으로 속마음을 펼치며
검은 반점으로 서서히 썩어가는 너를
보고 싶다.

슬픔은 얼마나 부드러운가

그는 이따금 물속을 응시한다
슬픔은 얼마나 부드러운가
풍성한 물이끼를 헝클어
다슬기와 버들치를 감추어주고
부드러운 진흙을 풀어 바닥을 가려준다

슬픔은 천천히 가라앉는 그림자를 품으면서
부드러워진다
빛은 물을 거울로 만들지만
어둠은 물을 뚫어 보는 눈을 갖는다

그는 어둠 속에 뿌리내리고,
슬픔을 길어올려
푸른 잎새를 피워낸다

수면 깨우기

물방울 하나 자신을 버려
잠든 물에 충돌하면
수면 속 물방울 깨어
함께 뛰어오르듯

보지 않는 이
듣지 않는 이의
거대한 잠을 때리고 흔들어

갇힌 물방울
함께 뛰어오르듯

겨울 강

강 위에
오리들이 찾아온다
제 몸에 머리를 처박은 채
기다리다
더 먼 겨울 쪽으로 날아간다

강은 저 혼자 깊이 얼면서
밤새 아프다
떼지어 날아오르던
새들의 날개 소리만
귓가에 가득하다

황태

스스로의 물기에 찔리며
몸속 가득히 얼음이 박힌 황태는
겨울 해 아래 아랫배가 따뜻해지면
속으로 운다 축축이
배어나오는 물기를 날려보내며
말라간다

마른나무 같은 황태를
찢어 씹으면
육질이 부드럽다
보풀거리는 노오란 살

고랭지에서
4년간의 겨울
얼면서 녹으면서 말라버린 황태나무
몸을 틀어 보풀거리는 잎을 꺼내고 있다

난곡(難谷)

난곡으로 이사하던 날
내 것이라 생각되는 물건들을
싸고
묶어서
낯선 산비탈을 올랐다
얼어서 서투른 손이
꾸러미를 놓치고
산아래 어딘가로
골목들은 풀려나갔다
백지, 백지의 빈 골목들이
막막한 어둠 속으로
달려가고 있었다

풍자를 금하라

풍자를 금하라
댓글을 금하라
초라한 분노를 금하라
시계를 멈춰라
못 건널 비밀과 거짓말의 바다에 왔다
죄의 얼굴에 수염을 그려
분노에 웃음 섞기를 금하라
비웃는 바람 헛웃는 바람에 불려
못 건널 비밀과 거짓말의 바다에 왔다
우스꽝스러운 건
유령 같은 분노
조롱을 깨뜨려라
댓글을 금하라
못 건널 비밀과 거짓말의 바다에 왔다
허기 같은 망각을 밝힐 수 없으니
초라한 풍자를 금하라
캄캄한 암초를 밝힐 수 없으니
풍자를 금하라
댓글을 금하라
초라한 분노를 금하라

해설

나를 찾는 긴 여정 위, '흰 재의 시학'

나민애(문학평론가)

내 방은 다른 방들처럼
수천 년 된 고대의 폐허 위에
진흙과 벽돌로 지어 올린 것이다.
– 사데크 헤다야트, 『눈먼 부엉이』*

1. "심장을 잃어버린 토끼는 지금은 어디 가서 마른풀을 베고 낮잠을 잘까"

삶 바깥의 삶은 없다. 적어도 우리는 그렇게 알고 있다. 사람이란 원래 본 대로 믿지 아니하고 믿은 대로 보기 때문에 더욱 그렇게 말해왔다. 그런데 이수정 시인의 시집 『나는 네 번 태어난 기억이 있다』는 우리에게 다른 삶의 다른 방식을 이야기한다. 내가 알기에, 이 시인은 아는 대로 보지 않는다. 그는 마음 수경에 비친 그림자를 보고, 그것의 어룽짐을 보고, 수면 아래 목소리를 본다. 그리고 마음의 눈이 본 것 그대로를 시로 구성해낸다. 이런 방식으로 그의 체험과 세계상은 우리가 지닌 체험과 세계상과는 다른 이야기가 되어

* 문학과지성사, 66쪽.

간다. 그 결과 이수정의 시는 우리에게 '삶 바깥의 삶'을 설득한다. 조금만 더 자세히 표현하자면 삶 바깥에 있으며, 있어야 하는 어떤 삶을 향해 나아가는 것이 삶이라고 말한다. 마치 사는 것이 사는 것이 아니라는 듯, 살지 않는 것이야말로 사는 것이라는 듯 시인은 '지금-여기'에 서서 지금-여기를 '폐허화'한다.

폐허의 다음은 어디일까. 폐허를 추구하는 자는 떠나려는 자이다. 언제나 그래왔듯이 '폐허'하는 자는 임박한 여행자(旅行者)에 가깝다. 게다가 이 시집의 폐허는 정적(靜的)인 폐허, 그러니까 다 부스러져 재가 된 상황 자체를 지칭하지 않고 보다 동적(動的)인 폐허에 해당한다. 이 시집이 지닌 폐허성은 여기가 아닌 '먼 곳의 거기'를 향한다. 보다 정확히, 삶이 아니나 삶보다 더 삶에 가까운 지경(地境)을 향한다. 마치 아무데도 없는 유토피아의 지도를, 눈으로는 보지 못할 투명한 지도를 이 시인은 보고 있는 듯하다.

시집은 분명 폐허의 심상을 통해 지지되면서도 시인은 폐허의 역에서 내리는 것이 아니라 폐허의 역에서 올라탄다. 그의 모든 시는 그렇게 폐허가 끝이 아니라 '출발'이라는 선언에서 시작된다. 이수정은 삶이 재가 되어 흩어내렸다고 슬퍼하지 않는다. 손가락 사이로 모든 의미가 빠져나가는 것이 삶이었다고 애도하지도 않는다. 대신에 시인은 재가 되어 흩어지는 생의 부스러기들이 너무나 찬란하다고 말한다. 그것이 얼마나 찬란했던지 시인의 마음 안에서 은하수가 되어 시처럼 내렸다고 말한다. 상실이 시작이라는 말, 잃음이 새 세상의 문이 되고 마는 상황, 폐허 위에 세계가 기꺼이 얹어지는 모습. 그 덕분에 먼 옛날 전래동화의 세계가 만들었고, 김기림이 아름답게 변주했던 '심장 없는 토끼'를 떠올릴 수 있었다. "심장을 잃어버린 토끼는/ 지금은 어디가서 마른풀을 베고 낮잠을 잘까"(「능금」)라고 김기림이 말했던바, 심장을 '잃어버린 토끼'는 지독하게 잃은 채로 살고 있다. 이 토끼는 결여된 자일까. 아니면 살아도 산 것이 아닌 자일까. 아니, 풀과 한가로움 속에 존재할 토끼는 결여에도 불구하고 새로운 심장을 낳는 자이다. 없음에서 끝나는 것이 아니라 없음에서 출발한다는 말. 이 시집의 곳곳에는 그런 말들이 밤하늘의 별처럼 박혀 있다.

폐허에서 시작하는 시집은 어디로 나아가고 있는 걸까. 이 시집은 진짜 삶을 입을 진정한 자아를 마련하고자 여행을 떠난다. 충실한 해설자의 자세로 미리 밝히자면 이 시집이 가야 할 목적지는 깊이 꺼진 심해와 높게 절망한 하늘에 놓여 있다. 그러므로 이것을 읽는다는 것은 바다 깊이와 하늘 높이를 읽는다는 말과 같다. 이 시인을 읽는다는 것은 그를 떠나보내며 서서히 잃는 것과 같다. 시인은 여기 있는 것 같지만, 그는 아니라고 말한다. 그는 폐허를 헤치고 폐허 이후로 떠났으며, 떠나고 있으며, 떠날 것이다. 나는 그 떠남을 개인적으로 슬퍼하고, 시적으로 찬성하며 이 시집을 읽는다.

2. "내가 사는 것은, 다만, 잃은 것을 찾는 까닭입니다."

이 시집에는 일종의 명상적 풍모가 담겨 있다. 잡다한 소리를 차단하고 마음의 넓은 세계에 집중하는 일. 보이지 않는 진정한 세계에 들어가 온전한 자신을 재구성하는 일. 그러기 위해 맑히고 밝히고 구하는 일. 이러한 모든 것이 명상이라면, 이 시집은 지극히 명상적이다.

시인의 상상 세계에서는 새로운 세계가 지어지고 부서진다. 그 사이를 지나는 여행자로서의 시인은 낯설고 그리운 풍경들을 구성해낸다. 아니, 원래 있던 아름다운 세계를 발견해낸다. 마치 예전 윤동주가 「길」이라는 시에서 했던 말처럼, "내가 사는 것은, 다만, 잃은 것을 찾는 까닭입니다" 라고 쓸쓸해했던 것처럼 이 시인의 마음은 잃은 것을 찾고 있다. 찾는 풍경 중에서 내가 가장 사랑하는 한 풍경을 소개한다. 그의 마음이 맑히고 밝히고 구한 심상은 이토록 고요하고 아름답다.

바다엔, 한 생애를
지느러미에 맡기고 살던 것들이
수평선 너머로 가고 싶은 마음인 채로 죽어
아래로
아래로
가라앉는다 하는데

흩어진 사체가 고운 눈처럼 내린다 하는데
구만리 날고 싶은 눈먼 가오리
햇빛이 닿지 않는 바다 밑에 엎드려
수평선 너머로 가고 싶던 마음들을
펼친 날개에 고이 받고 있다 하는데

—「심해에 내리는 눈」 전문

이 작품에는 가오리를 포함한 물의 족속들이 등장한다. 시인이 그려내는 대상은 순수하며 고귀한 존재이다. 지극한 수성(水性)을 지닌 것은 탐욕과는 거리가 멀고 남에게 해를 끼치지 않는다. 생애를 지느러미 하나 가지고 살았던, 그래서 자유롭고 아름다운 유영을 했던 이 존재들로 인해 시인의 바다는 구성될 수 있었다. 스스로 높이지 않으나 미천하지 않은 어류가 시인의 마음에 얼마나 오래, 여러 차례 오고 갔는지 이 시를 보면 알 수 있다. 긴 시간 서서히 이루어진 전설 같은 과정이 작품에 은은하게 담겨져 있기 때문이다.

긴 시간 안에는 죽음도 포함된다. "수평선 너머로 가고 싶"은 마음 하나로 살았던, 무리하지 않고 희망하는 마음으로 살았던 어류는 성공하지 못했다. 이루지 못하고 부서지는 존재가 비단 어류뿐일까. 무리, 욕망, 질주 대신 섭리, 마음, 아름다움을 선택하는 생명체는 세상의 열패 논리 안에서 존속하기 어렵다. 지금 이 세상의 순수나 희망 같은 말에는 맑은 숨결 대신 실패를 예상하고 감내하는 핏빛 숨결 같은 것이 더해져 있다. 아름다운 것들은 원하든 원치 않든 비극적인 방향으로 움직인다. 시인이 마음에 담고, 눈에 담고, 시에 담았던 존재들도 바로 이 아름답고 비극적인 고고함에 닿아 있다. 시인이 파악한 고결한 존재들은 스스로의 존재 의미를 버리지 않으며 귀결되어간다. 특히 "흩어진 사체가 고운 눈처럼 내린다"는 구절은 이 상황을 상징적으로 담고 있어 시집의 전반을 장악하고 있다.

흩어져내리는 고운 눈 조각은 폐허의 아이콘이고 가뭇없는 '재'의 다른 말이다. 그런데 우리는 '재'가 변주의 시작이지 끝이 아니라는 점, 시인의 심상들은 재에서 태어나 더 멀리 나아가려고 한다는 점을 기억할 필요가 있다. 바다 저 밑바닥의 가오리는 넓은 날개 위에 하얀 재를 받아내면서 아름다웠던 마음을 기억한다. 이 시가 애상적이고 이상적으로 창조해낸 '재의 시학'은 드물면서도 몇 가지 훌륭한 전례를 지니고 있다. 퍽 오래전 한용운의 「알 수 없어요」에서 '재의 시학'은 타고 남은 재가 다시 기름이 되는 역능으로 빛난 바 있고, 서정주의 시 「신부」에서는 초록재와 다홍재라는 미적인 산화로 변주된 바 있다. 오늘날 이수정에게서 빛나고 하얀 재로 특성화된 '재의 시학'은 죽은 존재들에서 빚어졌지만 무기력하지만은 않다. 그것은 죽지 않고 가오리의 날개, 즉 시인의 의지를 생성하는 데 관여할 수 있다. '죽은 재'가 아니라 '산 재'를 보여준다고나 할까. 때문에 '재의 시학'은 아래로 내려앉아 추락과 하강의 이미지로 이어지는 듯 보이지만 상승의 가능성을 가지고 있다. 잘게 부스러진 것이 가엾게도, 혹은 가이없이 흩어지고 마는 것이 아니라 상승의 존재로 환원되는 상황은 다른 작품에서도 찾아볼 수 있다.

달이 뜨고 진다고 너는 말했다
수천 개의 달이 뜨고 질 것이다

네게서 뜬 달이 차고 맑은 호수로 져
은빛 지느러미의 물고기가 될 것이다

수면에 어른거리는 달 지느러미들
일제히 물을 차고 올라 잘게 부서질 것이다

은지느러미의 분수 공중에서 반짝일 때,

지구 반대편에서 손을 놓고 떠난 바다가
내게 밀려오고 있을 것이다

심해어들을 몰고
밤새 내게

—「달이 뜨고 진다고」 전문

「심해에 내리는 눈」에서 하얀 재를 받아내며 소리 없이 슬퍼했던 심해어들이 시 「달이 뜨고 진다고」에 다시 등장한다. 이 작품을 보면서 시인의 바다 심상에 대해 우리는 보다 명확하게 파악할 수 있다. 바다는 대개 죽음, 폭력성, 자살과 같은 어둠의 계열체와 모성, 생성, 사랑과 같은 빛의 에너지로 구분된다. 얼핏 보기에 이 시는 어두운 밤바다이면서 심해를 담고 있기 때문에 전자의 어두운 바다인가 싶지만 시를 읽고 나서 남은 잔영은 결코 어둡지 않다. 우리는 보통 달이 '지고 뜬다'고 말하지 않고 '뜨고 진다'고 말한다. 이 말을 곰곰이 생각해보면 알 수 있듯이 달은 결국 '지는' 존재들 편에 속해 있는 것이다. 그렇지만 시인은 달 하강으로 인한 '짐' '저묾' '지고 맒'의 상태를 역전적으로 바꾸어 "물을 차고 올라 잘게 부서"지는 것으로 상승시킨다. 시에서는 수천수만의 달이 바다의 빛나는 물고기가 된다. 마치 밤하늘에 달이 떠 있듯이, 밤바다에 다수의 물고기가 달처럼 떠 있다. 이러한 장면과 과정은 이미지의 하강과 상승의 반복을 통해 더욱 극적으로 느껴지는 것이다.

이 작품에서 시인이 이룩한 암시적 묘사의 세계는 한 존재가 재가 되고 재가 다시 존재가 되는 과정을 그리면서 감성주의를 절제하도록 만든다. 시인의 정신세계는 암시적 묘사를 위해 최선의 투명성을 자처하고 있는 듯하다. 그래서 잔류처럼, 잔영처럼, 잔재처럼 부서져내리는 상황에 주목하면서도 이 잔류와 잔영과 잔재는 불특정 폐허가 아니라 구체적인 사물로 환치될 수 있었다. 이 구체성의 대상들은 심해의 시편들에서는 하얀 재로 상승과 하강의 주체가 되지만 다른 시편들에서는 더욱 반짝이는 존재로 변주되기에 이른다.

3. "바둑돌은 바다로 각구로 떨어지는 것이 퍽은 신기한가보아."

이수정은 고유한 생에의 감각, 혹은 결론을 시로 번역하면서 특히 순수한 사물들로 그것에 다다르려 했다. 순수한 사물들을 초대하고 발굴하게 했던, 생에의 감각이란 어떤 것이었을까. 이 시집에는 '하얀 재의 시학'에 다른 계열이자 변주로서 '빛나는 돌' 혹은 '별의 시학'이 존재하는데 이 별의 생성에는 생의 고통스러운 감각이 주요하게 작용했다.

수십 개나 되는 손가락이
샅샅이 움켜쥔 머리칼에서
신경은 쉽게 끊어져내렸어
검은 문이 닫혔어
아름다운 손들이 흔들렸어
무릎이 빠지는 습지 너머
아름다운 손들은 푸르르 날아올라
석양 쪽으로 날개를 펼쳤어
어둠과 끌어안은 노을 뒤로

나는 그림자가 흐려진 채
무릎이 빠지는 습지에 서 있었어
뼈가 드러난 손들이 가득한 곳이었어
달은 하얗게 떨며 전화벨 소리를 냈어
벨 소리가 날 때마다 별은 멀어졌어
가물거리는 별은 볼수록 구분이 되지 않았어
난 아팠어 유성처럼
달아나고 싶었어

—「억새」 전문

우리에게 '생'이라는 단어는 하나지만 각자에게는 각자의 생이 있어서 생은 수천수만으로 나뉜다. 그래서 너는 나의 생을, 나는 너의 생을 결코 알 수 없다. 사람마다 다르게 태어나는 말 '생'을 위해서 '짐작'이라는 말이 만들어졌을 뿐이다. 시 「억새」를 통해 언제인지 모를 시인과 인생과의 관계를 '짐작'해보자면 그 둘은 같은 자리에 있었지만 배신과 외면으로 상처받고 있다. 생에게 외면당하면 마음이 아플까. 아니, 마음이 너무 아프면 그 아픔은 몸으로 먼저 온다. 숨이, 손가락이, 머리가, 사지가 아파온다. 그 아픈 감각의 이야기, 그러니까 습지와 달과 별과 석양이 한 사람을 두고 외면하는 장면이 이 시의 대부분을 차지한다. 그리고 이 고독과 몰이해 속에서, 마치 그것인 산통이기라도 한 것처럼 시인의 '달아나는 유성'이 태어났다. 그리고 돌의 심상들은

「집이 나를 밀어낸다」라든가 「바다는 보이지 않고」 「벼루」와 같은 작품들에서 보다 구체적으로 펼쳐진다.

앞서, 폐허 위에 일어서는 '재의 시학'이 시집의 중심이라고 말한 바 있다. 그리고 하늘에서 떨어지는 유성이라든가 멀리 던져지는 돌의 이미지는 바로 재의 역동성과 연결되는 주요 심상이 된다. 이 시집에서 '재'는 쌓이는 것이 아니라 움직이는 주체다. 그것은 위에서 아래로 떨어져내리지만 역으로의 상승 의지를 지니고 있다. 하강할 운명을 지닌 재가 다시 상승을 꿈꾼다는 점에서 '재의 시학'은 슬프기도 하고 희망차기도 하다. 이 하강과 상승의 곡선이 시심의 현상학적 측면을 드러낸다면, '돌의 시학'은 이와 연결되는 원천 혹은 영혼적인 측면을 암시한다.

돌진 혹은 추락 혹은 마찰 혹은 연소
기다란 혹을 단 의혹의 긴 꼬리

너의 하늘에 진입
전 생애를 태운다

밤을 가로지르며 기꺼이 사라지는
꼬리가 된다

별의 심장이었던 그가

떨어진다

깜깜하고 밀도 높은 돌멩이가 되어
강가에 박힌다

떨어지면서 타오를 때 그는,
잠깐 살아 있던 돌이었다

—「별의 심장이었던,」 전문

오래전 정지용은 조약돌에 대해 "그는 나의 혼의 조각이러뇨"라고 표현한 바 있다. "바둑돌은 바다로 각구로 떨어지는 것이 퍽은 신기한가보아."라며 푸른 바다 한복판에 던져져서 거꾸로 떨어지는 돌에 마음을 싣기도 했다. 이것을 일러 돌에 혼(魂)의 인장(印章)을 선사한 계보라고 말할 수 있다면 이수정의 '돌의 시학'은 그 연장선상에 놓여 있다. 시인은 돌을 자기 영혼의 일부, 혹은 심장의 다른 말로 삼고자 한다. 이를테면 「별의 심장이었던,」은 하늘에서 지상으로 떨어지는 별을 포착하면서 별, 돌, 심장의 삼위일체를 보여주고 있다. "별의 심장이었던 그"나 "그는,/ 잠깐 살아 있던 돌"과 같은 구절을 통해 심장과 돌은 동일시된다.

별의 방향을 읽는 것은 곧 심장의 방향을 읽는 것과 같다. 밤하늘의 별이 떨어져 지상의 돌이 되었다는 상상력은 돌,

즉 시인의 혼이 어느 방향으로 향할지 짐작하게 한다. 돌은 고요해 보이지만 돌아갈 하늘 방향을 기억하고 있다. 돌은 정지해 있는 것처럼 보이지만 타오르던 기억을 지니고 있다. 다시 말해서 하강한 존재에게 내재된 상승 의지가 '돌의 시학'에도 내재되어 있다는 것이다. 하강과 상승의 교차를 통해 시심의 직조를 일궈낸다는 점에서 '돌의 시학'은 '재의 시학'의 또다른 이름이 된다.

눈을 가진 돌이 있어
꿈 없는 밤 이겨 만든 먹
간절히 문지르면 검고 맑은 거울 되는 돌

고요히 들여다보노라면
오랜 돌 녹아 흐르는 강
금빛 글자 거슬러오르는 맑은 강,

저물녘이면
불새가 날아와 굵고 싱싱한 글자를
채 간다고 한다

—「벼루」 전문

돌의 심상은 상당히 오래도록 연마되어온 느낌이 있다. 그것은 시인의 내면에 오래도록 머문 흔적이 있다. 「벼루」

는 시인 안의 돌과 돌 안의 시인을 잘 드러내고 있는 작품이다. 보다 구체적으로 말하자면 차분하고 고풍스러운 이 시는 벼루를 통해 '마음-돌' '심장-돌'의 품성을 드러낸다. 시인의 내면에서는 하늘로부터 떨어져내린 별이 들어 있다. 그것이 남들 다 자는 시간이 되면 가만히 눈을 떠 시인을 부르나보다. 또한 시인은 고요한 부름에 가만히 응답하는가보다. 돌은 심해를 비추는 수면인 듯이, 시인이 보고 싶고 바라 마지않는 풍경들을 하나하나 그려낸다. 지상의 돌은 천상의 별이었던 시절을 기억하고 있기 때문에 이 세상 풍경이 아닌 아름다운 풍경을 읊을 수 있었다.

4. 하얀 재에서 피워올린 비상의 세계

시집은 시인이다. 이번 시집의 경우는 더욱 그러했다. 그러니 시집으로 시작해 시인으로 끝내도 탓할 사람이 없을 것이다. 나는 이수정 시인의 얼굴과 목소리를 알고 있다. 어느 부분을 힘주어 말하는지 특유의 말투를 알고 있고, 남들보다 연한 눈동자와 껌벅이는 속눈썹을 알고 있다. 금세 알고 있지 않았고 거의 20년 전부터 알고 있었다. 그래서 그를 보지 않아도, 본 듯이 그려낼 수 있다.

그런데 시인의 첫 시집을 읽으며 나는 서서히, 알던 사람을 잃어갔다. 익숙하게 알고 있던 한 사람은 멀어져갔고 그

자리에 별의 심장이 나타났다. 돌을 심해에 던진 한 사람이 낯설게 드러났다. 이 과정에서 새롭게 알게 된 사실을 고백하자면, 그가 오래전에 그를 잃었고 더 오래전에 그를 살았으며 훨씬 오래전에 그를 찾았다는 것뿐이다. 시집의 언어들은 이 사실들을, 차례로 들려주었다. "길에서 마음이 죽는다"(「로드킬」)고 알려주고, "나는 네 번 태어난 기억이 있다"(「세수」)며 고백했으며, "저 혼자 떠나곤 하였다"고도 말해주었다. 그리고 이 언어들 사이에 우리가 가장 먼저 물었던 질문의 답이 존재하고 있다. 과연 "심장을 잃어버린 토끼는 지금은 어디 가서 마른풀을 베고 낮잠을 잘까." 시인이 제시하는 대답의 하나로서 시 「히말라야를 넘어야 하는 마지막 밤」의 한 구절을 들고 싶다. "절벽과 절벽으로 이어진 먼 정상,/ 흰 눈 덮인 거기가 '신의 집'이라 했던가// (……)//오늘밤,/ 새는 히말라야를 넘어야 한다" 시인의 마음에서 눈처럼 내렸던 재, 그 재가 쌓여 있는 심해의 절경이 바로 저 산 위에서 다시 빛난다.

시인에게 이 시집은 일종의 탐색이요 여정이지만 독자들에게는 일종의 편지처럼 읽힌다. 멀리 여행을 떠난 한 친구가 있어 옮겨가는 여행지마다 사진엽서를 보내온다고 하자. 스위스에서 보낸 편지에는 알프스가 그려져 있겠고, 몽골에서 보낸 편지에는 초원이 새겨져 있겠다. 이와 같이 시인은 마음속 긴긴 세계를 여행하면서, 나는 여기 얼마큼 왔고 무엇을 보았어, 라고 편지를 보내는 듯하다. 무릇 모든 여행은 이방을 탐색하는 것이 아니라 이방에 선 나를 탐색하는 일인 만큼 시인의 다채로운 시편들은 하나의 공통점을 지니고 있다. 그는 지금도 어느 설산에서 벅찬 마음으로 비상하고 있을까, 혹은 어느 심해에서 유영하고 있을까. 우리를 찾아온 그 모든 시편, 아니 편지의 말미에는 보낸 이의 사인이 반짝인다. 나를 찾는 긴 여정 위에서, '흰 재의 시학'이 보내왔다고.

이수정 1974년 서울에서 태어났다. 2001년『현대시학』을 통해 등단했다. 광주과학기술원에서 시를 가르치고 있다.

문학동네시인선 107
나는 네 번 태어난 기억이 있다

1판 1쇄 2018년 6월 30일
1판 2쇄 2020년 6월 10일

지은이 | 이수정
펴낸이 | 염현숙
책임편집 | 김영수
편집 | 김민정 강윤정 김봉곤 김필균
디자인 | 수류산방(樹流山房) 본문 디자인 | 유현아
마케팅 | 정민호 박보람 우상욱 안남영
홍보 | 김희숙 김상만 지문희 우상희 김현지
제작 | 강신은 김동욱 임현식
제작처 | 영신사

펴낸곳 | (주)문학동네
출판등록 | 1993년 10월 22일 제406-2003-000045호
주소 | 10881 경기도 파주시 회동길 210
전자우편 | editor@munhak.com
대표전화 | 031) 955-8888 팩스 | 031) 955-8855
문의전화 | 031) 955-3576(마케팅), 031) 955-2679(편집)
문학동네카페 | http://cafe.naver.com/mhdn
북클럽문학동네 | http://bookclubmunhak.com

ISBN 978-89-546-5192-9 03810

* 이 도서의 국립중앙도서관 출판예정도서목록(CIP)은 서지정보유통지원시스템 홈페이지(http://seoji.nl.go.kr)와 국가자료종합목록 구축시스템(http://kolis-net.nl.go.kr)에서 이용하실 수 있습니다. (CIP 제어번호 : CIP2018018498)

잘못된 책은 구입하신 서점에서 교환해드립니다.
기타 교환 문의: 031) 955-2661, 3580

www.munhak.com

문학동네